AF336293

3310

ODE

NATIONALE.

LE CRI DES NATIONS REDEMANDE LES MERS

ODE NATIONALE,

Par LE BRUN,

DE L'INSTITUT NATIONAL DE FRANCE.

Discite justitiam . . . . . .

Virg. AEneid. , lib. VI.

NOUVELLE ÉDITION.

A PARIS,

Chez DUBROCA, LIBRAIRE, RUE THIONVILLE, N°. 1760.

DE L'IMPRIMERIE DE FARGE, CLOÎTRE SAINT-BENOÎT, N° 372.

AN XI. — M. DCCCIII.

CETTE Ode, dans laquelle, à l'exemple des anciens, notre Pindare fait sortir son sujet d'un trait historique éloigné, et termine là où les autres commencent (ce qui est très conforme à la marche du génie, et particulierement du génie lyrique), offre une grande idée morale mise en action.

LA DESCENTE EN ANGLETERRE est aux yeux du POETE NATIONAL l'accomplissement des décrets de cette justice éternelle, qui, confiant au Temps et à l'Héroïsme l'exécution de ses desseins, punit tôt ou tard par un châtiment aussi éclatant qu'inévitable les trahisons et les assassinats ; et comme le plus odieux, le plus lâche de tous, c'est l'assassinat d'un envoyé de paix, le poëte lyrique, qui plane sur les temps, rappelle le meurtre de M. de Jumonville, pour en lier la vengeance tardive, mais solennelle, au respect que doit inspirer le droit sacré des Nations.

Ce rapprochement, aussi inattendu que moral et patriotique, s'opere à l'aide d'une fiction neuve et animée, qui introduit dans une Ode, brillante d'ailleurs de toutes les beautés du genre, les beautés particulieres du poëme épique, et même du poëme dramatique.

(Note de P. CH.)

P. S. l'Auteur de cette note avait déjà fait imprimer cette Ode chez DIDOT l'aîné, avec les magnifiques caracteres qui ont servi pour l'impression de FÉNÉLON et de RACINE.

Cette édition précieuse étant devenue d'autant plus rare qu'elle a été tirée à un très petit nombre d'exemplaires que l'Editeur a distribués en cadeaux ; l'Auteur a bien voulu autoriser le cit. DUBROCA, libraire, à publier et à vendre cette nouvelle édition.

ODE NATIONALE.

Par LE BRUN.

Discite justitiam . . . . . .
VIRG. AEneid., lib. VI.

TANDIS que la Tamise, en ses mornes rivages,

Dans son perfide sein méditant les ravages,

Roule une onde infidele et jalouse des lis;

La Seine aux bords riants, nymphe tranquille et pure,

Porte son doux crystal, ennemi du parjure,

    A l'immense Téthis.

Téthis voit accourir à son humide trône

Le Tibre, l'Éridan, et le Tage, et le Rhône,

Le Méandre incertain, le rapide Eurotas,

Et le Volga pressant son onde hyperborée,

Le Danube au long cours, le Rhin, l'Elbe, et la Sprée

    Amante des combats.

Là, sous des bois vermeils inconnus aux Dryades,

Erraient de toutes parts de bruyantes Naïades ;

Tous les Fleuves du Monde y roulent leurs destins.

Tous, ceints d'algue et de joncs, s'inclinant sur leur urne,

Près du fils orageux de l'antique Saturne

Partagent ses festins.

La Tamise elle seule, ivre de sa fortune ;

Et dédaignant l'honneur des banquets de Neptune,

Entraînait aux combats ses perfides vaisseaux ;

Aux bords américains déja souflant la guerre,

Son orgueil affectait l'empire de la terre

Et le sceptre des eaux.

Sous les mers cependant les jeunes Néréides

Ont prodigué les fruits nés de leurs champs humides ;

Les coupes du nectar animent leurs banquets ;

Et l'ambrosie exhale une nue odorante

Qui parfume à longs flots la voûte transparente

Des liquides palais.

De l'Oyo (1) tout-à-coup la Naïade lointaine

Les frappe de ses cris, pâle, et fuyant à peine

A travers l'Océan de barbares vainqueurs :

Ses regards éperdus, sa tête échevelée,

De roseaux teints de sang horriblement voilée,

    Attestent ses malheurs.

Vengeance ! criait-elle ; ô Neptune ! vengeance !

Quel forfait de mes bords a souillé l'innocence !

J'ai vu la paix trahie abjurer nos climats.

Et toi, Seine, frémis à mes accents funebres !

La Tamise triomphe ; et ses exploits célebres

    Sont des assassinats.

Crédule à cette paix que l'infidele atteste,

Hélas ! je reposais dans un calme funeste :

Un cœur pur, de soupçons est rarement armé.

Mes fils, sans crainte errants, dans leurs concerts sauvages,

Chaque jour éveillaient l'écho de mes rivages

    Au nom d'un Peuple aimé.

Quand l'affreux ravisseur de la triste Acadie [2],

L'Anglais, que sur mes bords guide la Perfidie,

Fonde et voue un rempart à la Nécessité [3] ;

De là, son glaive impie et ses feux sacrileges

Chassent les dieux, la paix, et de nos privileges

    Bravent la sainteté.

Le Français se réveille au bruit de cette audace ;

Il sait du noir rempart l'insolente menace,

Et son courroux vengeur suspend encore ses traits :

Avant de foudroyer le crime et son asile,

La sainte Humanité confie à Jumonville [4]

    Le rameau de la paix.

Il part : quinze guerriers, compagnons de son zele,

Le suivent jusqu'aux bords de l'enceinte infidele :

Il parlait ; il offrait l'olive à ces pervers.

O crime ! il tombe aux pieds de l'assassin farouche :

Le doux nom de la paix expire sur sa bouche ;

    Sa troupe est dans les fers.

Dieu des mers, tu l'entends ! dit la Seine éperduc ;
On égorge mes fils ; leur sang coule à ta vue ;
Et ce sang généreux ne serait pas vengé !
Ne suis-je plus ta fille ? ô Neptune ! et toi-même
N'es-tu plus souverain de ce trident suprême
      Par l'Anglais outragé ?

Voilà cette Albion, ce peuple magnanime
Que le Savoir éclaire, et que l'Honneur anime !
C'est lui qui lâchement ensanglante la paix :
De la terre et des mers déprédateur avare,
Au Huron qu'il dédaigne et qu'il nomme barbare
      Il apprend les forfaits.

Tu voulus que tes flots unissent les deux Mondes ;
Et du libre Océan il enchaîne les ondes !
Le cri des Nations redemande les mers (5).
Purge tes flots sacrés de ses voiles parjures ;
Venge le sang français, mes larmes, mes injures,
      Toi-même, et l'Univers.

Elle dit ; et ses sœurs autour d'elle gémissent :

Attendris , indignés , tous les Fleuves frémissent ;

Tous craignent d'enrichir l'Insulaire odieux :

La nymphe au lit d'argent , l'Orellane en frissonne ;

L'or du Tage pâlit ; et le Gange emprisonne

      Ses crystaux radieux.

Fleuves , rassurez-vous , dit l'époux d'Amphitrite :

Au livre des Destins la vengeance est écrite ;

Albion expiera les maux de l'Univers.

Avant que la Tamise ait compté quelques lustres ,

Elle aura vu changer ses triomphes illustres

      En sinistres revers.

Vainement l'Insolente , à sa noble Rivale

Croit opposer des flots l'orageux intervalle ;

La perfide s'épuise en efforts superflus.

Tremble , nouvelle Tyr ! un nouvel Alexandre

Sur l'onde , où tu régnais , va disperser ta cendre ;

      Ton nom même n'est plus.

NOTES DE LA PREMIERE EDITION.

(1) Les bords de l'Oyo furent le théâtre des hostilités des Anglais en pleine paix.

(2) Presqu'isle de l'Amérique septentrionale , sur les frontieres orientales du Canada , que les Anglais envahîrent par une violation des Traités.

(3) Les Anglais appellerent de ce nom le fort qu'ils bâtirent sur un terrain usurpé , justifiant ainsi un attentat par une injure.

(4) Jeune officier français plein de talents et de vertus. Député vers les Anglais par M. De Contrecœur, commandant le corps de troupes posté sur les bords de l'Oyo , il fut assassiné lâchement, au mépris des lois de l'humanité et des droits des nations.

(5) Ce vers , qui , par le privilege attaché aux beaux vers , a l'avantage de pouvoir voler de bouche en bouche , et de rester gravé dans la mémoire ; ce vers , qui né de l'enthousiasme l'enfantera à son tour , me paraît le plus éloquent et le plus laconique des manifestes.

A ce titre ne devrait-il pas obtenir l'honneur de former la devise tracée sur les pavillons et les drapeaux de l'armée destinée à venger la cause de toutes les puissances continentales ?

On trouve chez le même Libraire dont l'adresse est indiquée au Frontispice , les Mémoires pour servir à l'histoire des Attentats du Gouvernement Anglais , contre toutes les Puissances de l'Europe , et particulierement contre la France , depuis le commencement de la révolution , jusqu'à ce jour ; accompagnés des pieces officielles et diplomatiques qui ont servi aux négociations du traité d'Amiens , et à celles qui ont précédé la rupture de ce traité par le ministere britannique ; par Dubroca , 1 vol. in-12. *Prix* , *2 fr.* 50 *c.* , et *5 fr.* 25 *c.* franc de port.